シルバー川柳7

寝坊して
雨戸開ければ
人だかり

公益社団法人全国有料老人ホーム協会＋ポプラ社編集部編

ポプラ社

シルバー川柳7

イラストレーション　古谷充子
ブックデザイン　鈴木成一デザイン室

シルバー

【silver [sílvər]】

デジタル篇

総務省によれば、高齢者世帯のスマートフォン普及率は二五・六％（全国消費実態調査、二〇一五年）。お孫さんなど家族の写真・動画をやりとりしたり、SNSで発信したりと、楽しみ方は人それぞれ。スマホを認知症の徘徊検知に利用したり、歩行状況から健康管理に役立てようという試みも始まっている。情報の扱いには注意が必要だが、デジタルシニアは今後ますます増えそうだ。

I

字を忘れ
考えてるうち
文忘れ

鳥海一郎・男性・千葉県・93歳・無職

いつ死ぬか
分かれば貯金
使うのに

遙・女性・岐阜県・77歳・主婦

温かく
迎えてくれるは
便座のみ

圓崎典子・女性・茨城県・53歳・パート

母がボケ初めて知った過去の恋

クローバー・女性・鹿児島県・49歳・主婦

ピンポーンに
やっと出たのに
不在票

榎本美智代・女性・大阪府・54歳・ヘルパー

生きがいは
何かと聞かれ
「生きること」

山田和一郎・男性・栃木県・61歳・無職

ポケモンを
捜し歩いて
捜されて

駄句さん・男性・静岡県・76歳・無職

遺言書
「すべて妻に」と
妻の文字

りく・そら・ばあば・女性・愛知県・59歳・主婦

寝てるのに
起こされて飲む
睡眠薬

瀬戸なおこ・女性・神奈川県・59歳・主婦

紙おむつ
地位も名誉も
吸いとられ

厚木のかずちゃん・男性・神奈川県・73歳・無職

「君の名は？」
老人会でも
流行語

はだのさとこ・女性・岡山県・62歳・主婦

付いて来い
言った家内に
付いて行く

山本敦義・男性・愛媛県・83歳・無職

ルンバさえ
越えてる段に
足とられ

あーさまま・女性・大阪府・58歳・無職

通帳に
暗証番号
書いている

平野好・男性・青森県・75歳・無職

石段の
下から拝む
寺参り

浦本狂児・男性・熊本県・83歳・無職

物忘れ
知識を少し
捨てただけ

加藤義秋・男性・千葉県・70歳・無職

iPad
指舐めスライド
孫怒る

長谷川明美・女性・東京都・57歳・主婦

ペットロス
主人の時より
号泣し

岩谷紀子・女性・東京都・76歳・主婦

できますと
家族を泣かす
認定日

中川潔・男性・福井県・53歳・会社員

手をつなぎ
互いの杖と
なるあした

荒木恵子・女性・愛媛県・63歳・無職

Ⅱ

寝坊して
雨戸開ければ
人だかり

文海胡・女性・茨城県・59歳・会社員

老体に
鞭《むち》を打っても
痛いだけ

真鍋稚人・男性・大阪府・75歳・指圧師

海水浴
ビキニの祖母に
孫おびえ

岡部晋一・男性・神奈川県・78歳・無職

通販で
これで３個目
同じ品

カズポー・男性・長崎県・64歳・無職

共白髪《ともしらが》
妻はむらさき
俺茶髪《ちゃぱつ》

前原和子・女性・岡山県・87歳

妻の留守
醤油さがして
一時間

梶政幸・男性・千葉県・51歳・自営業

介護士に
仕事は何かと
父は問い

中井康司・男性・京都府・63歳・無職

百歳の
患者に秘訣
訊く主治医

中川潔・男性・福井県・51歳・会社員

円満は
会話少なめ
留守多く

荒木貞一・男性・北海道・73歳・無職

ボケちゃった
言えてるうちは
まだセーフ

米山敬文・男性・千葉県・62歳・会社員

暇だから
並んでから聞く
何の列？

清詞薫・男性・三重県・63歳・非常勤職員

夫より
今は恋しい
「15日」

いくちゃん・女性・鳥取県・60歳・パート

車庫入れで
悟る免許の
返しどき

栗原由紀子・女性・東京都・81歳・無職

立つまでは
何をするのか
覚えてた

山田明・男性・千葉県・65歳・無職

歯磨きを
いやがる孫に
入れ歯見せ

ユミコロリン・女性・岡山県・72歳・主婦

耳掃除
してから仲が
悪くなり

一灯柳・男性・福島県・88歳・無職

宅配便
俺の顔見て
ホッとする

吉野信幸・男性・埼玉県・56歳・会社員

孫の名を
忘れ隣に
聞きに行き

小川忠重・男性・栃木県・78歳・無職

魚屋で
自分に似てる
エビを買う

渡辺俊雄・男性・栃木県・84歳・無職

久々の
化粧に孫も
立ちすくむ

蓮見博・男性・栃木県・64歳・無職

Ⅲ

もうダメだ
もう長くないで
20年

中野弘樹・男性・埼玉県・70歳・自営業

化粧する
余力あるうち
遺影撮る

こなお・女性・東京都・46歳・主婦

郵便はがき

おそれいりますが切手をおはりください。

1 6 0 - 8 5 6 5

〈受取人〉

東京都新宿区大京町22-1

株式会社 ポプラ社

一般書編集局 行

お名前 (フリガナ)

ご住所 〒

TEL

e-mail

ご記入日 年 月 日

ご愛読ありがとうございます。

読者カード

ご購入作品名

[　　　　　　　　　　　　　　　　　　　　]

この本をどこでお知りになりましたか？

1. 書店（書店名　　　　　　　　　　）　2. 新聞広告
3. ネット広告　4. その他（　　　　　　　　　　）

年齢　　歳　　　性別　男・女

職業　1.学生（大・高・中・小・その他）　2.会社員　3.公務員
4.教員　5.会社経営　6.自営業　7.主婦　8.その他（　　）

ご意見、ご感想などありましたら、是非お聞かせください。

………………………………………………………………

………………………………………………………………

………………………………………………………………

………………………………………………………………

………………………………………………………………

………………………………………………………………

………………………………………………………………

………………………………………………………………

ご感想を広告等、書籍のPRに使わせていただいてもよろしいですか？

（実名で可・匿名で可・不可）

このハガキに記載していただいたあなたの個人情報（住所・氏名・電話番号・メールアドレスなど）宛に、今後ポプラ社がご案内やアンケートのお願いをお送りさせていただいてよろしいでしょうか。なお、ご記入がない場合は「いいえ」と判断させていただきます。

（はい・いいえ）

ハガキで取得させていただきますお客様の個人情報は、以下のガイドラインに基づいて、厳重に取り扱います。

お客様より収集させていただいた個人情報は、よりよい出版物、製品、サービスをつくるために編集の参考にさせていただきます。
お客様より収集させていただいた個人情報は、厳重に管理いたします。
お客様より収集させていただいた個人情報は、お客様の承諾を得た範囲を超えて使用いたしません。
お客様より収集させていただいた個人情報は、お客様の許可なく当社、当社関連会社以外の第三者に開示することはありません。
お客様から収集させていただいた情報を統計化した情報（購読者の平均年齢など）を第三者に開示することがあります。
はがきは、集計後速やかに断裁し、6か月を超えて保有することはありません。

ご協力ありがとうございました。

いっせいに
メガネ取り出し
見るメニュー

竹内照美・女性・広島県・60歳・会社員

婆さんや
体重減らず
器具増える

山本敦義・男性・愛媛県・83歳・無職

骨のある
人だが低い
骨密度

こでまり・男性・静岡県・71歳・無職

長々と仏壇前のルーティーン

江戸川散歩・男性・千葉県・64歳・自営業

「おいお茶」に
「戸棚ですよ」と
かえす妻

髙橋多美子・女性・北海道・55歳・パート

救急車
ブラックリストに
名を連ね

今津茂・男性・岡山県・68歳・無職

物知りの
ばあばも読めぬ
孫の名よ

村崎香・女性・北海道・26歳・教育職

子は正論
俺は持論で
食いさがる

佐々木博康・男性・奈良県・62歳・会社員

終活も
アルバムひとつで
日が暮れて

久保木主税・男性・千葉県・62歳・無職

肩で風
今は歩けば
肩で息

磯部不二夫・男性・新潟県・67歳・無職

同期会
ところできみは
いくつかね

松田茂・男性・東京都・77歳・無職

年賀状
あいつ何枚
よこすんだ

小林美博・男性・新潟県・57歳・会社員

高三の
孫にせかされ
選挙行き

古子・女性・熊本県・60歳・無職

「百均《ひゃっきん》で」を「借金で」と聞き孫叱る

山田瑤子・女性・神奈川県・86歳・無職

朝なのか？
夜かもしれぬ
時計5時

ウメノ・女性・東京都・44歳・会社員

ワシよりも
会話が弾む
妻と犬

足立忠弘・男性・東京都・77歳・無職

昼寝する
孫じい猫が
川の字に

飯田芳子・女性・埼玉県・62歳・無職

遺言に
「なくてゴメン」と
書いておく

ハッピー・女性・宮崎県・80歳・主婦

あの時の
あの一言で
金婚か

東清和・男性・福島県・73歳・会社役員

88

年寄りの基準を変える長寿国

川島一行・男性・千葉県・71歳・無職

「私、誰？」妻に毎日試される

林本ひろみ・女性・兵庫県・61歳・家事手伝い

むせび泣く
ことはないけど
むせて泣く

風月・東京都・69歳・無職

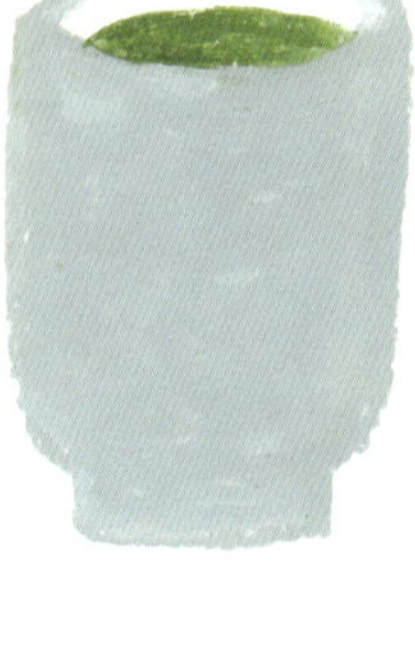

Ⅳ

妻が留守
空気がうまい
深呼吸

恐妻家・男性・鳥取県・74歳・無職

コンビニに
旦那まかせて
旅に出る

阪井紀美・女性・奈良県・67歳・無職

朝日浴び
散歩で犬に
追い抜かれ

むすす・男性・神奈川県・63歳・無職

ボケ予防
言われて通う
ネオン街

味曽田楽・男性・東京都・76歳・無職

偵察か
長風呂見に来て
去る姿

奈美枝・女性・岡山県・36歳・会社員

腕よりも
話し上手で
選ぶ医者

三郎・男性・千葉県・66歳・無職

定年後
家の中でも
ベンチ入り

ハルル・東京都・68歳

高級車
やっと乗れたが
霊柩車

西田勲・男性・北海道・79歳・無職

回毎に
老いに差が出る
クラス会

藏田正章・男性・福岡県・78歳・無職

30回
噛んだらあごが
疲れ果て

のべちゃん・女性・神奈川県・64歳・パート

運動会
孫より先に
爺が起き

日下部哲好・男性・千葉県・68歳・無職

健康法すべてをやると不健康

浅井陽一郎・男性・愛知県・51歳・会社員

国会に
負けぬ居眠り
老人会

ろまん・男性・北海道・49歳・会社員

家族旅行
オレの布団は
トイレ前

角森玲子・女性・島根県・48歳・自営業

難聴に
救われている
妻の愚痴

磯庄一郎・男性・栃木県・73歳・農業

率良いが
満期は10年
迷う父

内山祐子・女性・神奈川県・48歳・主婦

長生きで
葬式代まで
取崩す

根本英昭・男性・福島県・66歳・無職

ばあちゃんも
元気が戻る
特売日

吉田耕一・男性・長崎県・75歳・無職

百歳が
がん検診で
胸を撫で

鈴木貴子・女性・栃木県・56歳・主婦

病院と
施設と寺が
隣接し

らくちゃん・男性・神奈川県・66歳・無職

捨てたなべ
やっぱり使うと
取りに行き

大原美枝子・女性・神奈川県・92歳・無職

還暦に
この若造と
言う米寿

はつこ・女性・千葉県・63歳・団体職員

さっきとは
3日前だと
気がつかず

川口等・男性・東京都・60歳・公務員

猫じゃらし
動きが遅く
不満顔

見辺千春・男性・東京都・69歳・契約社員

終わりに

本書を手にしてくださったみなさま、ありがとうございます！　二〇一二年の刊行以来、読者の方から大反響の『シルバー川柳』シリーズ、おかげさまで今年も第七弾を刊行させていただく運びとなりました。あらためて厚く御礼申し上げます。

編集部には毎日のように読者のみなさんからお便りが届きます。

「後期高齢になり、今の自分に重ねて読んで、とっても愉快で楽しくなります。もし介護になっても、ずっと持っていたい本です」（75歳、女性）

「なるほど！　なるほど！　いずこも同じ高齢者。みんな仲良くがんばろう！　老人クラブのテキストに！」（90歳、男性）

「笑いが必要と思って買って、帰りのバスで笑いが止まらなかった。字が大きいので読みやすい。友達に贈って大いに喜ばれた」（81歳、男性）

「一人暮らしで落ち込むこともありますが、この本をめくると笑顔がこぼれ、どん底が消

える。私の名著です！」（71歳、女性）
「おばあちゃんも私も笑えるような川柳がたくさんあって、おもしろかったです」（11歳、小学生）
「シルバー川柳」は、公益社団法人全国有料老人ホーム協会が主催し、二〇〇一年より毎年行われている川柳作品の公募の名称です。気軽に取り組める川柳づくりを通し、老いを肯定的にとらえ、楽しんでもらいたいと始まりました。
本書は、今夏選ばれた第十七回の入選作二十句を含む八十八句を収録しています。もの忘れから病院通い、嫁・妻との微妙な力関係、お孫さんへの愛情など、いずれも「あるある」「身につまされる」内容をお楽しみください。
ちなみに、今年の応募総数は、なんと一万五五七六句と昨年の約二倍。応募者の平均年齢は七四・五歳で、男女比はほぼ同じ割合でした。最年長は一〇〇歳の女性、最年少は四歳の女児。応募者の年代構成は七〇代がもっとも多く、ついで六〇代、八〇代の方の応募が続きます。
川柳の面白さのひとつが、その年の時流を反映したキーワードが用いられていること。

今年の入選作「ポケモンを捜し歩いて捜されて」や「『君の名は？』老人会でも流行語」は、いずれも大ヒットした映画やゲームアプリの名称を老いにからめ、ユニークに仕上げています。また、「iPad指舐めスライド孫怒る」「ルンバさえ越えてる段に足とられ」も、詠まれた景色が目に浮かぶような、たっぷり共感できる作品です。

超高齢社会ニッポンを、鋭く、またユーモアたっぷりに照らし出す『シルバー川柳』。時に厳しい現実に向き合いながら、笑顔の時間をどうか忘れずに過ごしていただきたい。けっして人は孤独ではないことを川柳を通して感じていただきたい。この一冊の本が、みなさんのお役に立つことができれば、この上ない喜びです。

最後になりましたが、本書の刊行にあたり、作品の掲載をご快諾いただいた作者のみなさま、ご家族のみなさまに厚く御礼申し上げます。

公益社団法人全国有料老人ホーム協会
ポプラ社編集部

本書に収録された作品は、公益社団法人全国有料老人ホーム協会主催「シルバー川柳」の入選作、応募作から構成されました。

Ⅰ章　第十七回入選作
Ⅱ章〜Ⅳ章　第十六回応募作

＊　Ⅰ章は公益社団法人全国有料老人ホーム協会選、Ⅱ〜Ⅳ章はポプラ社編集部選となります。
＊　作者の方のお名前（ペンネーム）、ご年齢、ご職業、ご住所は、応募当時のものを掲載しています。

公益社団法人全国有料老人ホーム協会

有料老人ホーム利用者の保護と、事業の健全な育成を目的として、一九八二年に設立。老人福祉法に規定された唯一の法人として、入居者生活保証事業の運営、苦情対応、事業者への運営支援、職員研修など多岐にわたる事業を行う。またサービス評価事業や入居相談、セミナーなどを通じ、ホームの情報開示にも積極的に取り組んでいる。二〇一三年四月に公益社団法人となる。

＊公募「シルバー川柳」についてのお問い合わせ

（入居相談も受け付けます）

電話〇三－三二七二－三七八一
東京都中央区日本橋三－五－一四
アイ・アンド・イー日本橋ビル七階
公益社団法人全国有料老人ホーム協会

シルバー川柳7　寝坊して雨戸開ければ人だかり

二〇一七年九月八日　第一刷発行

編者　公益社団法人全国有料老人ホーム協会、ポプラ社編集部
発行者　長谷川 均
編集　浅井四葉
発行所　株式会社ポプラ社
〒一六〇-八五六五　東京都新宿区大京町二二-一
電話〇三-三三五七-二二一二（営業）　〇三-三三五七-二三〇五（編集）
振替〇〇一四〇-三-一四九二七一
印刷・製本　図書印刷株式会社

Printed in Japan N.D.C.911/126P/19cm　ISBN978-4-591-15573-8